A GOTA DE SANGUE

EXEMPLAR Nº 288

capa e projeto gráfico Thalita Machado
encadernação Lab. Gráfico Arte & Letra
tradução Iara Tizzot

© 2020, Editora Arte & Letra

P 226
Pardo Bazán, Emilia
A Gota de sangue / Emilia Pardo Bazán; tradução de Iara Tizzot. – Curitiba: Arte & Letra, 2020.
76 p.

ISBN 978-85-7162-011-7

1. Literatura espanhola   2. Ficção policial   I. Tizzot, Iara
II. Título
CDD 860

Índice para catálogo sistemático:
1. Ficção : Literatura espanhola   860
Catalogação na Fonte
Bibliotecária responsável: Ana Lúcia Merege – CRB-7 4667

ARTE & LETRA EDITORA
Rua Des. Motta, 2011. Batel
Curitiba – PR – Brasil / CEP: 80420-162
Fone: (41) 3223-5302
www.arteeletra.com.br – contato@arteeletra.com.br

A GOTA DE SANGUE

EMILIA PARDO BAZÁN
TRAD. IARA TIZZOT

1ª reimpressão

2020

I

Para combater uma neurastenia profunda que me angustiava – direi neurastenia, por não saber o que dizer, – consultei o doutor Luz, homem tão artista quanto científico, que opinou sorridente:

– O senhor não precisa se cuidar... muito pelo contrário.

– Descuidar-me?

– Quase... Tratamento perturbador. Fazer coisas que deem à sua vida um interesse intenso. O senhor padece é de apatia, de indiferença: falta-lhe estímulo. O senhor não poderia se apaixonar?

– Parece-me que não. As mulheres, são por um tempo. E ainda esse tempo, costumam envenená-lo. E as que não o envenenam, aborrecem-no. Mau remédio, doutor, mau remédio.

– Não lhe agrada viajar?

– Viajar? O "Gladstone", o Baedeker, os hotéis? Eu conheço de memória a Europa, e como não procuro aventuras *a la* Júlio Verne... Já não sobram mais viagens emocionantes que as viagens de aeroplano...

– Pois, então, não viaje por terras; explore "almas". Não há vida humana sem mistério. A curiosidade pode elevar a paixão. Para uma pessoa como o senhor, que possui elementos de investigação psicológica...

Agradeci o conselho como se ele pudesse me servir para alguma coisa, e fui embora convencido de que a ciência, diante do meu caso, declarava-se impotente.

Naquela mesma noite, por volta da meia-noite, entrei no Teatro de Apolo e sentei em uma poltrona. Ao fazê-lo, passei com o maior cuidado diante dos espectadores de minha fila, já instalados. Estava certo de não ter incomodado ninguém e fiquei assombrado ao ouvir que um deles, o mais próximo de mim, repreendia-me, em voz alta:

– O senhor poderia pelo menos andar com cuidado, seu atrevido!

Minha surpresa aumentou quando notei que quem me tratava assim era um rapaz que costumava encontrar no Cassino e no restaurante Peña, uma pessoa "conhecida". Tal fúria, sem motivo algum, e a estranheza que me causou, foi a primeira fagulha que reanimou meu espírito abatido. Imediatamente pensei:

– Estará bêbado...?

A suposição poderia ser confirmada ao perceber no rosto do meu interlocutor a palidez e o brilho singular da pupila, que caracteriza o período culminante da bebedeira. Mas reiterou o insulto, dizendo: "Ei! Estou falando com você!" e nem a voz, nem os gestos tinham a vacilação dos ébrios. Por que aquele indivíduo procurava briga?

As pessoas percebiam, cochichavam: os da

fila se levantaram. Éramos objeto da atenção geral; alguém se interpôs. De repente, meu agressor mudou de tom e, com o que me pareceu uma transição muito brusca, pôs-se a rir, dizendo:

– Ah, Selva! Perdoe-me... Não tinha notado... Esqueça. Sinto muito... Peço-lhe que me desculpe.

Era um desagravo tão cortês quanto imotivado o incômodo, e deixou-me igual sabor de apreensão. Vago, inconsciente, pronta a dissipar-se, a apreensão tocou meu espírito e tonificou-o, despertando minhas capacidades e chamando minha atenção antes distraída.

Enquanto a enervante e estrepitosa música de marchinhas e tangos martelava meus ouvidos, minha fantasia galopava como potro solto, ardente. Dava para imaginar que toda a irritação daquele sujeito – chamava-se Andrés Ariza – era ficção. Por quê? Os atos humanos sempre reconhecem algum motivo, alguma causa. Que motivo impulsionava Andrés Ariza a fingir-se encolerizado quando eu entrei sem meter-me com ele?

Em vez de reparar nos pés e pernas das artistas, suas malhas cor-de-rosa, seus sapatos brilhantes, suas curvas de algodão e seus tecidos de lantejoula, meu olhar, com o rabo do olho, fixou-se em Ariza, avidamente.

Não prestava atenção ao que se passava no palco. Não havia dúvida; alguma coisa diferente o atormentava. Sua mão, branca e bem contornada, retorcia nervosa a vírgula do bigodinho e, de vez em quando, inquieto, girava a cabeça para mim. Eu evitava que me surpreendesse olhando para ele, mas cada vez me atraía mais — com atração de caráter cada vez mais indefinível — o estudo de sua alterada fisionomia. Um perfume intenso e capcioso, de gardênia, vinha dele quando se mexia, e o tal aroma subia ao meu cérebro, como vinho composto, irritante. Esse cheiro tinha que ser muito violento, para que se destacasse sobre os outros mil do teatro cheio.

De repente estremeci... O que acabava de notar não era nada que não pudesse ter uma explicação trivial, naturalíssima, mas já disse que minha fantasia estava voando e, não conseguindo segurá-la, ia arrastado por ela. Era — no peitilho da camisa de Andrés, e quase coberta por um colete — uma diminuta manchinha vermelha, viva como lábio aceso pelo amor; uma gotinha de sangue. E pus-me a pintar um quadro a pinceladas em tons de vermelho, com tema dramático, de loucura, de vingança... Quem sabe se um desafio sem testemunhas, um lance de alto risco, no segredo que impõem as exigências da honra?

Quando, meia hora depois, saí do teatro para recolher-me pacificamente a meu domicílio, minhas ideias mudaram de rumo. Sem dúvida a torrente de ar da rua de Alcalá, o aspecto de normalidade das coisa que me rodeavam, o desocupado de sempre oferecendo-se para chamar o cocheiro, as mesmas fêmeas esfarrapadas oferecendo-se, enrouquecidas, os jornais, os bondes já espaçados, as pessoas dispersando-se entre um zunzum de conversas humorísticas, ruidosas, banais, devolveram-me à prisão da realidade vulgar, origem do meu tédio. Por uns minutos imaginei que algo extraordinário acontecia perto de mim, produzindo-me comichão novelesca. A hora em que tal impressão me dominou não era uma hora de fastio, mas de exaltação inquieta e calorosa. Que fervor e que devaneio, pelo arrebato de ira de um senhor qualquer, por uma gotícula de sangue que pôde ter saltado do nariz! Infelizmente, a maior parte das coisas tem sempre uma explicação vulgar e prosaica, e a vida é um tecido de malhas folgadas, mecânico, previsto: nada romântico o rodeia.

Encolhendo-me de ombros, pus-me a andar. A noite, embora de inverno e nebulosa, era serena, e eu esperava que algum exercício me ajudasse a conciliar o sono, rebelde em aparecer antes do amanhecer. Eu vivia em uma dessas ruas novas, não urbanizadas nem edificadas inteiramente. Ao lado da casinha que havia alugado, existia um solar ainda não demolido, barrancoso, mal fechado com cerca de tábuas brancas e azuis. Não era o único na solitária rua, onde a iluminação estava conforme com todo o resto. As probabilidades de um assalto não me preocupavam: levava minha *Browning*. Não sei por que naquele instante a ideia, se não do assalto, de algo anormal, tornava-se precisa e ganhava corpo, enquanto me dirigia, distanciando-me do centro, até meu domicílio. Sem dúvida a efervescência fantástica do teatro ainda agia. Não se sabe o que tinha que me acontecer: a aventura me espreitava para pular em meu pescoço. Alarmado, olhava para todos os lados, vigiava os ruídos. E, ao mesmo tempo, obstinava-me em pensar na cara alterada, o falso incômodo de Andrés Ariza. Por que fingia raiva? Que explicação tinha semelhante fingimento?

Nada justificava minhas apreensões. Ao meu redor não havia mais que essa peculiar sugestão dramática que adquirem de noite as casas fechadas e mudas. Completa solidão. Em Madri, como se sabe, dura até muito tarde a animação nas ruas centrais, mas nas ruas algo afastadas e onde vive gente rica e aristocrática, é difícil que a uma e meia ou perto das duas horas transite alguém. Próximo de minha rua já não vi o vigia noturno, o bom Pacômio. Sem dúvida, como em outras vezes, estava refugiado em alguma taberna onde comem os peões de obra que trabalham nos vários edifícios em construção próximos à minha casa. Não me importei, pois levava a chave do meu portão e a chavinha de minha porta no bolso.

Ao aproximar-me, uma espécie de atração

que não sei explicar fez fixar-me no solar abandonado, e notei que a cerca apresentava uma brecha irregular. Várias tábuas haviam sido arrancadas e estavam amontoadas sem ordem em um e outro lado. E, na parte de dentro, sobre a cor clara da terra argilosa endurecida pela geada, observei uma forma confusa, algo grande, preta e comprida, com alguma coisa branca na extremidade. Inclinei-me, aproximei-me abaixando... Era o corpo de um homem, bem vestido, sem casaco, e o que era branco, sua cara de cera e o peitilho rígido de sua camisa. Um cadáver!

O morto – supondo que o fosse – estava completamente na beirada da cerca. Se tivesse entrado vivo, cairia no momento de cruzá-la. Peguei meu isqueiro e projetei luz no rosto.

Era uma cara nova para mim que, ao menos de vista, penso conhecer muitos rapazes que frequentam os círculos da Corte. Parecia ter uns vinte e cinco anos, e resplandecia seu bigode loiro. A lembrança de Ariza me veio novamente, evocada por aquele bigode: lembrei-me de que ele o retorcia com movimento tão impaciente. Chamou-me atenção que o morto não estivesse usando gravata, nem botões no peitilho, nem colete. Absorto nessa contemplação, sobressaltou-me um ruído de passos abrutalhados. Era somente o vigia que, para ganhar gorjeta, costumava iluminar para que facilmente se introduzisse a chave na fechadura.

Batia os pés no chão, sem fôlego, e atrapalhava-se em explicações.

– Meu Senhor..., chamaram-me na outra rua... estava abrindo para o Sr. Conde de Marciela...

Em qualquer ocasião teria rido da desculpa, porque conhecia os hábitos do enfermiço Conde de Marciela, senhor metódico e doentio, e era sumamente inverossímil que se recolhesse a tal hora. Mas não me sentia disposto a rir. Virei-me para o asturiano, com um gesto de ordem.

– Tenha cuidado, não minta. Hoje para o senhor pode ser um compromisso sério dizer qualquer coisa que não seja a pura verdade. O senhor não tente enganar a justiça. Nesse solar há um morto.

Aterrorizado, o "vagalume" dirigiu a luz de sua lanterna para o ponto que eu sinalizava e, quando viu o quadro, entre dentes, soltou uma interjeição.

Eu permanecia sob o peso da horrível descoberta. Uma dúvida me assaltou então. E se o homem não estivesse morto, mas bêbado? Era preciso socorrê-lo sem demora, abrigar-lhe, recolhê-lo sob o telhado.

– Ajude-me a levantá-lo – disse ao vigia. – Pode que tenha vida.

– Não toque nele, meu senhor! – implorou Pacômio. – Não vamos ter confusão com "os" da justiça; não nos desgracemos. Eu tenho visto muitos defuntos, e esse é só um a mais.

Enfiei-me, roçando as tábuas, no solar. O vigia, protestando, aconselhando, exclamando, iluminava. Inclinei-me sobre o corpo; apalpei uma mão; estava gelada. Tentei perceber a respiração. Não a havia. Levantei um braço. Caiu rígido. Pacômio tinha razão: os auxílios eram inúteis.

– Não quero incômodos, nem passar a noite em claro – murmurei, então, deslizando uma moeda ao vigia. – Peça socorro o senhor: venha a autoridade, faça o que seja de costume. Repito que não minta, nem oculte que eu vi esse corpo. Este é um caso que se deve dizer a verdade, para não ter desgostos.

Já em minha casa, deitei-me e tentei dormir. Quando o consegui, meu sono foi um fazer e desfazer confuso de cenas interrompidas, em que se combinavam as duas impressões da noite. O incidente do teatro, o drama do solar, encadeavam-se em uma relação íntima que entre ambos estabelecia minha mente excitada. Algumas vezes acreditava que o morto e o fingido raivoso eram uma só pessoa; que o corpo frio do solar era o de Andrés Ariza. Outras, que Andrés Ariza o descobria antes de mim e acusava-me, fundamentando-se na proximidade de minha residência ao lugar onde aparecia a vítima. Vítima? Crime? Desperto, eu não podia nem assegurar que o fosse, porque não recordava haver visto naquele homem lesão nem ferida alguma. E, no entanto, a convicção do crime originava minha febre. Compreendia-o: o único que tocava a essência, que rompia a cinzenta uniformidade da civilização, era o crime. O sabor amargo e salgado do crime havia tirado do meu paladar a insipidez do tédio. Só o crime poderia me interessar. Remexia-me na cama sobre espinhos; pelas minhas veias corria mercúrio. Por que não quis ver levantar o cadáver? Talvez para amadurecer minha fantasia, minha intuição misteriosa. Para meditar, como meditam os visionários, fora do real que se vê, em busca do real que se esconde.

II

Não me surpreendeu receber, às onze da manhã, a intimação do Juiz chamando-me a seu escritório com urgência.

Arrumei-me, almocei frugalmente e, pegando um carro para chegar mais depressa, apresentei-me ao funcionário. Era um advogado jovem, com pretensões de intelectual, desses que tem em seu escritório uma fila de obras da casa Alcán, e dissertam na Academia de Jurisprudência, em noitadas comemorativas. Eu o conhecia do Ateneo, mas isto não recordei até que o vi. Cumprimentou-me com afetação de gentileza, assegurando, como preâmbulo, que estava me chamando unicamente para me pedir que trocássemos impressões, uma vez que, conforme afirmação do vigia, eu tinha sido o primeiro que havia visto o cadáver no solar.

– Há outra razão para que me interrogue – respondi, com vontade de divertir-me um pouco às custas do Juiz, que se imaginava mais esperto que eu. – É que minha casa é vizinha do solar. São duas informações cuja importância não necessito explicar, pois o senhor a adivinha. Não só convém interrogar-me, mas também a meus criados. Podem ter visto algo.

– Por Deus! – exclamou o Juiz. – Do senhor, quem seria capaz de pensar?

– O senhor mesmo. Tenho para mim que, agora, sou a única pista. Estou enganado?

– Vamos, deixe de brincadeiras, Sr. Selva, e faça-me o favor, porque o assunto é sério, de não me regatear sua preciosa cooperação. Não lhe pergunto de onde o senhor vinha quando achou o corpo, porque já o sei; vinha do Teatro de Apolo, onde discutiu com um rapaz, Ariza, que ocupava o lugar contíguo. Discussão trivial; Ariza se desculpou e os senhores ficaram amigos.

– Vejo que o senhor está bem informado. Pergunte e manifestarei o pouquíssimo que conheço.

Assim o fiz, ponto por ponto. O Juiz me escutava avidamente.

– De modo que o senhor não conhece o morto?

– Não me lembro de tê-lo visto em parte alguma.

– É tudo que o senhor pode me dizer a respeito de sua pessoa?

– Em absoluto.

Notei um rápido franzir de sobrancelhas.

– Seguramente, Selva, teremos que importuná-lo por razão deste crime...

– Mas, há crime? – exclamei com veemência quase de prazer.

– O senhor tem dúvida?

— Ao ver o corpo ontem não vi lesão nem traços de violência.

— É que...

— Perdoe que o interrompa. Adivinho! Não quero que o senhor suponha que preciso da explicação. Não se via lesão, porque lhe vestiram depois de matá-lo. Deveria ter suposto, quando notei que nem estava de gravata, nem com os botões do peitilho.

A cara do Juiz se fechou mais. Começava a se alarmar. Sua desconfiança crescia visivelmente. Sentia em mim uma força que o obrigava a desdobrar toda a sua, e talvez não lhe bastasse, ante um adversário tão dono de si e tão astuto.

— Vamos deixar a situação clara, senhor Juiz — continuei, pedindo-lhe permissão, com um gesto, para oferecer-lhe um charuto e acendi outro -: o senhor suspeita de mim. O senhor faz muito bem; se eu fosse o senhor, faria o mesmo. Insisto em que não há indícios de outra pista, agora. O crime não pode ser atribuído a uns assaltantes vulgares, porque os assaltantes, se despem um homem na rua (aconteceram alguns casos), não é para tornar a vesti-lo. Seu dever é esgotar os meios de estabelecer minha culpabilidade. Creio que o senhor deve me tomar um depoimento formal sem demora. De minha parte, tenho algo que advertir e pedir ao senhor. A advertência é que se o senhor, por exemplo, deixando-se levar por sugestões que podem nascer da opinião apressada e refletir na imprensa, põe-me na cadeia, fará com que este crime não seja averiguado jamais.

— Como favor amistoso, peço-lhe que me diga o porquê dessa afirmação — suplicou o Juiz.

— Muito simples. Porque me propus ser eu quem o descubra, e parece-me que só eu vou conseguir. Talvez tal propósito tenha sido sugerido pela leitura dessas novelas inglesas que agora estão na moda, em que há policiais por *hobby*, ou seja "*detectives*" por "*sport*". O senhor sabe que assim como o homem da natureza reflete impressões diretas, o da civilização reflete suas leituras. O senhor é uma pessoa bastante culta para não fazer caso disso.

— Além disso, Sr. Selva, e perdoe-me; o senhor precisa demonstrar, com certa clareza, o que por outra parte, todos afirmaríamos: que é alheio por completo a este acontecimento sensacional.

— Pfft!, creio que não é isso que me impulsiona... Isso se demonstraria sozinho, e desafio a autoridade a que prove o contrário... Mas dá no mesmo; o motivo não importa. Convém ao senhor que eu desembarace este novelo? Então, sem faltar no mais mínimo a seus deveres profissionais, auxilie-me por sua vez; deixe-me agora inteirado do que não seja reservado, do que a imprensa desta noite contará para Madri inteira.

O funcionário vacilou um momento. Receava sem dúvida assumir certas responsabilidades. Por fim se decidiu:

— O senhor me pergunte.

— Quem é o morto? Já foi identificado?

— Sim. Chama-se dom Francisco Grijalba; é malaguenho e costumava vir a Madri de tempos em tempos, para passar uns dias, tratando dos negócios da empresa açucareira em que ocupava um cargo importante.

— Pessoa da sociedade? Solteiro? Rico?

— Um pouco de tudo isso. Um bom rapaz e que trabalhava, e a quem se pressagiava um futuro nos assuntos comerciais.

— Tinha uma querida em Madri, ou ia com a primeira que aparecesse?

— Não chegamos ainda a elucidar esse delicado ponto... Vejo que o senhor pensa que deve se aplicar o antigo conselho "procure a mulher".

— Tinha família em Málaga?

— Uma irmã casada, e o pai, um senhor adoentado, que não poderá vir por causa de suas dores.

— Como o mataram? Que golpes ou que lesões recebeu?

— Duas lesões, causadas por estoque, uma delas abaixo do mamilo esquerdo, que terá alcançado o coração. Não se iniciou ainda a autópsia.

— Como os senhores fizeram para identificá-lo?

— Não foi difícil. Oh! nós já estamos familiarizados... Perguntou-se nos hotéis de luxo se faltava algum hóspede. Responderam que no de Londres este senhor Dom Francisco Grijalba não aparecia desde a tarde de ontem. Chamou-se o dono e, no necrotério, ele o reconheceu.

Anotei em minha carteira: "Hotel de Londres".

– O senhor pode tomar meu depoimento, senhor Juiz – avisei, – depois que eu fume este charuto. E prestado o depoimento, convém que imediatamente, e sem necessidade de auto, porque o auto é o senhor mesmo, venham até minha casa para fazer um reconhecimento, revistar meus papéis e meus armários e tudo. Ao lado está o solar, convém também que o senhor o examine detalhadamente. Neste caso nada deve passar despercebido.

Novas nuvens se condensaram na testa daquele homem, que não sabia se via em mim um criminoso cínico, descarado e cheio de ousadia, ou um ser superior, "*dilettante*" de emoções, capaz de dar-lhe lições em sua própria profissão, apesar da biblioteca Alcán e das dissertações acadêmicas.

– Bem – proferiu -; não vejo inconveniente algum em seguir o caminho que o senhor me indica, pois é a mesma a que eu me propunha; digo ao senhor em confiança. Interrogaremos seus criados assim que acabarmos a diligência de revistar.

Momentos depois, entrava o escrivão e eu prestava depoimento. Disse a verdade estrita, laconicamente.

— Que fez o senhor e por onde andou todo o dia de ontem?

— Pela manhã, às dez, estive na casa do doutor Luz, com quem me consultei. Às onze e meia, voltei para casa, e não fiz nada em particular até meio-dia e meia, hora em que me serviram o almoço. Às três fui ao Cassino e li os jornais e conversei sobre política com alguns sócios. Às seis saí do Cassino e estive na loja do antiquário Roelas, na rua do Prado. Às oito comi no restaurante Peña. Às dez saí do Peña, e como durante todo o dia não havia feito exercício e sentia-me muito aborrecido e de muito mal humor, passeei sem objetivo pelas ruas, desentumecendo-me. Às quinze para meia-noite entrei no Apolo, para dali, vista a última sessão, voltar para casa para dormir.

— Preste bem atenção. Vamos ler seu depoimento — recomendou o Juiz. — Antes disso, peço-lhe que lembre se falou com alguém ou viu alguém que o conheça nessas duas horas, de dez a meia-noite.

— Claro — observei. — Entre essas horas é que se cometeu o crime. Quando sentei na poltrona do Apolo, o corpo de Dom Francisco Grijalba estava no solar. Os médicos supõem que a morte ocorreu entre onze e onze e meia, não é isso?

— É isso...

— Pois não posso dizer o nome de ninguém com quem tenha conversado, nem que eu conheça e que tenha me visto a essas horas. Eu tinha levantado a gola do *mac-ferlán*, estava com um cachecol de seda branco, tapando minha boca por medo das nevralgias, e um chapéu enterrado; além disso, nas ruas, fujo dos chatos que se aproximam para tirar-nos a solidão e não para dar-nos companhia. É provável que não haja álibi, senhor Juiz.

O funcionário parecia refletir. Por fim decidiu:
— De maneira que o senhor disse o quanto sabe?
— Sem faltar ponto nem vírgula.
— O senhor confirma que não conhecia o morto?
— Nem de vista.

Leram meu depoimento, que assinei; e, já extraoficialmente, o Juiz me interpelou:
— O senhor insiste que descobrirá a verdade sobre este crime, que se anuncia tão misterioso?

Duvidei por um momento. Ia comprometer-me a algo que provavelmente não poderia realizar: talvez antes, ao lançar-me em desvendar o crime, havia deixado levar-me por impulsos dessa fanfarrice ou bazófia que tanto abunda, aqui onde o indivíduo, não auxiliado pela sociedade, crê resolver tudo por suas próprias forças, e às vezes resolve. Que meios eu tinha para retirar o denso véu? E, no entanto, lá no meu interior alertavam-me dois estímulos: o primeiro, que desvendar o crime talvez me interessasse pessoalmente, e, se eu não o desvendar, a justiça dava mostras que cairia em um buraco fundo; o segundo, que achava saber – de um modo obscuro, borrado, por partes singulares ou por pressentimentos quase incríveis – "algo" do sombrio acontecimento...

– Que diabos! – reagi mentalmente. – Sou homem de inteligência e cultura, desocupado e que, além disso, sente o inexplicável lance do pressentimento... O drama me interessou em seu primeiro ato; tenho que intervir no desenlace. O fato é que não me aborreço desde ontem... Quando comecei a não sentir o peso do tédio? Quando tirei a opressão dos ombros?

Lembrei-me. Não me aborrecia desde o momento em que, no teatro, Andrés Ariza me injuriou. Voltei a ver seu rosto transfigurado, alteradíssimo, e a centelha do vermelho da gota sangrenta sobre o peitilho branco voltou a ferir meus olhos... Resolvido, encarei o Juiz.

– Insisto em que colocarei tudo às claras, se o senhor me ajudar com boa vontade, com abertura de espírito, proporcionando-me facilidades, atendendo a minhas indicações, e não me prendendo ainda.

– Estou disposto a fazê-lo – concedeu o Juiz -; mas o senhor não ignora que sobre mim pesam deveres e responsabilidades. Não me peça nada mais do que compete a minhas atribuições.

– O senhor verá. À medida que me auxilie, prosperará minha declaração de réu presumido.

– O senhor está de acordo com que façamos a revista em sua casa imediatamente? O senhor a solicitou – respondeu de um modo evasivo o funcionário.

– E volto a solicitá-la. Se o senhor quiser, saio na frente, pego um carro, e o senhor Juiz, em outro, segue-me. Espero-o em minha porta. Não convém que nos vejam ir juntos desde aqui. Iriam nos cair em cima mil curiosos.

Acertado isso, despedi-me com um "até já". Fora, nos corredores, aguardava um grupo de jornalistas policiais – alvoroçados com o crime que parecia que ia dar em algo, e a teia de artigos e informações que se anunciavam, – que tentou deter-me. Gentilmente, livrei-me. Não havia nada que merecesse referência, disse-lhes com amáveis fórmulas; tudo continuava envolto em um mistério impenetrável. Dois fotógrafos, no entanto, focalizaram-me. A luz era escassa, e espero que por esse retrato não seja fácil reconhecer-me.

III

Ao aproximar-me de casa notei que muitos ingênuos permaneciam imóveis diante do solar.

Adiantaram-se ao ver que eu descia do carro. Minutos depois chegava o Juiz com o escrivão, e em outro carro, dois sujeitos bem apessoados, mas que tinham esse ar abrutalhado e burguês, essa falta de desenvoltura no modo de vestir a roupa que caracteriza a polícia. Seus sobretudos, seus chapéus, eram de linhas duras. Não tinha observado até que entraram na casa, pois fora estava escuro, e no hall iluminado foi onde nos cumprimentamos.

– Os senhores são da polícia – disse o Juiz.
– Sejam bem-vindos.

Um adiantou-se e aproximou-se, aparentando cordialidade. De perto, seus olhos eram sagazes, espertos. Depois soube que entre os de sua profissão, ele era talvez o mais entendido e de mais fino faro. A sensação do crime, a agitação que estava começando em Madri, levaram a que, desde os primeiros passos, recorressem ao renomado Cordelero, pondo o assunto em suas mãos.

– Entrem, senhores – apressei-me em dizer.

Minha casa é uma cômoda moradia de solteiro, espaçosa e com toques de arte e literatura. Está em perfeita ordem, e mandei o criado Remigio e sua mulher Teresa, meus dois antigos e leais servidores, que liberassem a entrada a meus aposentos. Os dois serventes tinham cara de apavorados, em que transparecia sem dissimulação seu terror à justiça. Obedeceram, taciturnos, e entregues minhas chaves, foram abrindo portas e móveis. Deviam estar cansados de saber que ali não se havia cometido nem sombra de ação criminal, e, no entanto, percebi o temor de suas almas. Revistamos a sala de jantar, a sala de estar, uma sala onde tenho o piano, a cozinha, as dependências de serviço. Tudo revelava uma vida pacífica, legal. Subimos ao segundo andar: ali estão os dormitórios e o banheiro. Fomos direto a meu quarto, onde guardo meus papéis, em uma escrivaninha Império, cuja chave apresentei ao Juiz. Enquanto este a fazia girar, Cordelero, que permanecia em segundo plano, aproximava-se da janela, e rápido, recolhia um pacote do chão.

– O que é isso? – perguntou, como se falasse consigo mesmo.

Virei-me e vi com estranheza uma embalagem coberta com tecido escuro e amarrado com fita preta, de seda.

– O que é isso, Teresa? – perguntei por minha vez, dirigindo-me à criada. – Quem de vocês pôs aí essa embalagem?

– Não sabemos o que é, meu senhor. Não o pusemos aí.

Cordelero colocou a embalagem suspeitosa, muito cuidadosamente, em cima da mesinha onde costumam servir-me o café da manhã, e consultou-me com o olhar antes de desamarrá-la.

Ao sinal de afirmativo que fiz, soltou os nós da fita, separou a coberta de percal sedoso, e apareceu um sobretudo de pano, fino e de corte elegante, muito dobrado, e dentro dele vários objetos: uma carteira cheirosa, de couro inglês, um lenço, um relógio muito fino com sua corrente, uns botões de peitilho (olhos de gato e rubis "*calibrés*"), umas luvas brancas, uma cigarreira lisa com trevo de esmeraldas.

O Juiz me olhava mais nebuloso que céu em dia de temporal.

— Cordelero — supliquei, — vou pedir-lhe um favor. Esta descoberta estranhíssima deve ser aproveitada, venha de onde venha. O senhor não toque nos objetos de metal e couro. É de maior importância que se tirem as impressões digitais que suas superfícies conservam, seguramente. A marca dos dedos do criminoso ou do seu cúmplice está aí.

O policial me olhava com expressão mista de triunfo e assombro. Para ele era contundente contra mim o fato de haver descoberto em minha casa o abrigo e os pertences da vítima, depois de seu corpo ser encontrado no solar. E, ao mesmo tempo, compreendia que minha observação era exata e estava de acordo com o último figurino policial: ali estariam as impressões, as marcas dos dedos do assassino.

— Não se tocará... — murmurou. — Senhor Juiz há que se tomar nota do que aqui aparece...

Adiantou-se o criado Remigio. Sua voz se entrecortava e embaçava-a um sentimento de indignação.

— Com licença de Vossa Senhoria, senhor Juiz, esse pacote foi jogado do solar para este quarto: que me degolem se não é assim (e passou a mão pelo pescoço, de um lado ao outro). O meu senhor tem mandado que a janela de seu dormitório esteja sempre aberta. Já tenho lhe dito que qualquer dia lhe darão um desgosto, que esse solar é vizinhança ruim; mas quem manda, manda. Ele disse assim, disse: Prefiro que um dia me roubem a respirar sempre ar ruim. Não é verdade, Teresa, que é o que diz o meu senhor? E hoje, quando vim fechar, de noite (tão certo como sou Remigio Camino e nasci em Lugo), entrei no escuro e só com a visão da luz do corredor, fechei e saí. O pacote o atiraram de fora, e já estaria dentro.

A explicação do serviçal tinha toda aparência de verdade. Olhei para Cordelero com sorriso irônico. Ele desviou a cara mal-humorado. Minha "pista" era tão vistosa, tão estrondosa, tão cômoda! Sendo eu o assassino, não haveria que quebrar a cabeça nem correr o risco de um erro policial. Já me tinham em suas mãos...

Terminada a revista, e selados, por indicação minha, os papéis, virei-me para o Juiz.

— Gostaria — pedi — de falar com o senhor e com o Sr. Cordelero, reservadamente, por um quarto de hora.

Saíram os comparsas — escrivão, criados, o policial que seguia Cordelero — e pedi a meus interlocutores que sentassem.

Nestas primeiras diligências — afirmei — perdeu-se um tempo precioso, e lamento não haver ficado para presenciar a retirada do cadáver pelo Juiz de plantão. No solar teria sido possível descobrir pegadas do pé dos assassinos que trouxeram aqui o corpo desde o lugar em que o crime foi cometido.

— Por que o senhor disse assassinos? — resmungou o policial. — O senhor está convencido de que são vários?

— São pelo menos dois, homem e mulher. E imaginem o que nos valeria apanhar as pegadas de um gentil pezinho. Agora já é inútil: cem pisadas as apagaram! Enfim, vamos ao que interessa. Os senhores partem da ideia de que eu sou o culpado. Há umas horas, eu não estranhava: não existia outros indícios; reconheço. Mas agora, que apareceram em meu dormitório o abrigo e outras coisas da vítima, acho sumamente ingênuo que não tenham mudado de rumo. Para quem tem faro, tal achado é prova refulgente de minha inocência. Lembrem-se os senhores de que eu mesmo pedi que revistassem minha casa e vejam se, sendo culpado, eu não teria jogado o pacote em um bueiro, o que é de praxe. Sr. Cordelero, eu achei que o senhor fosse mais sagaz. Tudo isto vem de que a imprensa, pela manhã, começa a colar em mim, e abunda em reticências sobre dois fatos: que eu tenha descoberto o cadáver, e que minha casa seja vizinha ao solar. A turba confusa me crê culpado; e os verdadeiros culpados, em vista disso, e de que estas roupas os comprometiam, resolveram na boca da noite jogá-las pela minha janela. Provavelmente seu plano era deixá-las no solar; viram a janela aberta e fizeram pontaria. E foram embora rindo. Foi-se rindo, devo dizer, porque veio só um. Isto reveste um caráter de trama grosseira, que não pode enganar um funcionário judicial nem um policial tão experiente.

Cordelero não sabia o que estava acontecendo. A evidência de minhas observações o confundia. Entrevia um mundo de ciência policial e uma escola de arte à moda europeia, que o envergonhava por não conhecê-la.

– Por que o senhor diz – perguntou – que os criminosos são um homem e uma mulher?

Deu-me o prazer de desafiá-lo com um sorriso compadecido; o Juiz adiantou-se, desejando manifestar que compreendia mais que o desconcertado sabujo.

– Porque... amigo Cordelero, isso é evidente!

A vítima foi assassinada quando estava na cama...
E como não foi no hotel onde estava hospedado,
uma mulher deve estar no meio...

– Sempre há uma mulher no meio – afirmei, – mas às vezes fica nos bastidores. Aqui, atrevo-me a afirmar que tomou parte ativa. Esse pacote foi amarrado por uma mulher. O pedaço de tecido que o envolvia não é coisa que nenhum homem tenha em sua casa; só as mulheres conservam retalhos assim em seus armários. Os senhores acabam de ver os meus. Não se parecem em nada aos de uma dama. A fita é um acessório que também os homens não guardam. O que me diz, Cordelero?

– O senhor me permitirá – contestou involuntariamente mortificado – que reserve minhas impressões.

– Reserve-as, claro! Eu jogo limpo e dou ao senhor os triunfos. Os senhores assassinos, sejam quem forem, permitiram-se fazer com que as suspeitas caiam sobre mim. Vou varrer-lhes a teia: vou descobri-los, e isso deve ser em um breve prazo. Em resumo... investirei três dias, a partir deste instante. E se cumpro o meu propósito (que o cumprirei), desejo que recaia no Sr. Cordelero toda a glória. Direi a quem me queira ouvir que foram os senhores, o Sr. Cordelero e o digno senhor Juiz, que iluminaram a penumbra da instrução. Em troca, imponho duas condições. A primeira, que trabalhem, quanto mais melhor, para estabelecer minha culpa. A segunda, que averigue para mim, Sr. Cordelero, nesta mesma noite, pelos meios que o senhor tem ao alcance, os nomes e o tipo de vida das pessoas que moram nas casas das duas ruas que desembocam nesta. Eu conheço os moradores da minha rua e sei que não há nada que se aproveite por aí. Se o senhor fizer a bondade de trazer-me a relação amanhã de manhã, ao meio-dia já estarei trabalhando... e se fará o milagre...

– A proposição me parece razoável, Cordelero – interveio o Juiz. - Selva não pode fazer mais.

– Enquanto isso, vigiem minha casa e minha pessoa; para que não me ocorra escapar para o estrangeiro – acrescentei com um gesto de pura zombaria que me dava prazer adotar. - Mas agilize isso da lista. E se o senhor não puder fazê-lo, eu mesmo o farei..., só que, então, precisarei de um dia a mais.

Cordelero protestou.

– Não se poderá fazer? Imediatamente!

Parecia um cachorro ao qual não se sabe se oferecem um osso ou uma chicotada.

Meus criados, por sua vez, fizeram a declaração. Acreditavam ser habilidosos em fechar-se em monossílabos e meias palavras.

IV

A noite foi agitada, como a anterior, e voltei a sonhar coisas incoerentes, não sobre o crime, mas sobre o insignificante encontro do Teatro de Apolo. Via Andrés Ariza se arremessando contra mim com o punho fechado, no qual, como se fosse um bandido, ocultava uma chave inglesa armada de um espeto agudo, desses que causam ferida mortal. Quando eu ia gritar "Socorro!", Ariza escondia a mão e estendia-me a outra, dando-me mil explicações. Ainda durava o pesadelo quando entrou Remigio, com a mesma cara assustada da véspera, para anunciar-me que já estava ali "esse senhor".

— Que entre, homem... Não fique tão aflito, não vão nos enforcar... E traga-me o café da manhã.

Sempre carrancudo, Cordelero pegou sua lista e tentou lê-la. Um movimento meu o deteve.

— Tenho que lhe pedir mil perdões; eu o fiz trabalhar muito e em vão. Devia ter-lhe dito que não eram necessários nomes e informações dos moradores que vivem com sua família, pois são pessoas respeitáveis e sérias. Permita-me — acrescentei pegando a lista. — Dom Antonio Díaz Otero e senhora..., não há possibilidade. Marquesa de la Islaverde..., viúva e caritativa..., tampouco. Conde de la Baldía..., setenta anos, reumático..., menos ainda. General Escalante. Bah! O General é uma pessoa muito séria. Vamos ver, vamos ver... Espere! Dona Julia Fernandina... Não é esta que chamávamos Chulita Ferna, a famosa filha do Conde de la Tolvanera? Chulita... Interessante! No número 15? Espere... Bom. Muitíssimo obrigado, Sr. Cordelero. Se o senhor me permite, guardo esta lista e vou direto ao Hotel de Londres, onde a vítima se hospedava.

– Já foram feitas averiguações ali. Não me cabe expô-las ao senhor; mas isso não me escapou, Sr. Selva.

– Suponho que sim. Mas, enfim, amigo, mais veem quatro olhos do que dois. O que lhe suplico, em cumprimento ao estipulado, é que me acompanhe até o hotel, para que não ponham obstáculo em facilitar-me informações. E mais: se o senhor quiser, será quem irá dirigir as perguntas. O senhor já sabe que toda a gloria do descobrimento no Sr. Cordelero recairá.

Olhou-me, entre hipócrita e desconfiado, e alisou o hirsuto bigode.

– O que lhe peço é reserva – acrescentei. – Um cuidado infinito com a imprensa! Sobretudo no princípio! Não convém que espantem a presa. O senhor deixe que me sigam acusando. Nada de novas pistas.

Pulei da cama; vesti-me num piscar de olhos, e saímos por uma portinha que se abria para o diminuto jardim de minha casa e que dava para a outra rua. E demos sorte, pois diante da grade faziam sentinela três repórteres de jornais, que em vão haviam tentado corromper Remigio e chegar até mim.

No Hotel de Londres perguntamos pelo dono. Saiu solícito e pôs-se à nossa disposição.

– O senhor já esteve aqui ontem, horas depois do crime – observou apontando para Cordelero, – e perguntou mil coisas... Enfim, voltem a perguntar, que diremos a verdade. Nosso desejo é que tudo seja esclarecido. Pobre senhor Paco, tão simpático! Há que se reprimir a imoralidade; os tempos mudaram!

Quando o hoteleiro falou assim, eu pus em alerta minhas capacidades e, lá no fundo do meu ser espiritual, sentia algo tão anormal, que mal consigo defini-lo. Era como se a intuição confusa e vaga se cristalizasse de repente, e sua ponta afiada me ferisse, arrancando-me um grito. "Ai, ai", parecia exclamar, na sombra, uma pessoa desconhecida, diferente de mim mesmo. A inspiração deve se revelar dessa maneira, de uma espécie de dor exaltada, ao impulsionar os atos que não têm relação com a razão, com seus cálculos lentos e seus voos curtos. Desse escondido fundo psicológico saiu a voz que proferiu, como em sonhos:

– É verdade; perguntaram muito ao senhor; mas é preciso completar o interrogatório, informando-nos quando veio aqui pela última vez visitar ou buscar o senhor Grijalba, esse amigo seu..., o senhor de Ariza.

Verdade que vem do alto, verdade suprema! À minha pergunta, lançada ao acaso, desde o desconhecido, o dono do hotel, com a maior naturalidade, respondeu:

– Deixe-me ver... O caso da morte do senhor Francisco ocorreu na segunda-feira... No sábado havia estado aqui o senhor de Ariza, mas não subiu; mandou recado para que o outro descesse. Por isso observei.

– Vinha muito? – insisti, tremendo, radiante.

– Não, senhor... Vinha de vez em quando... Mas, o senhor está doente? Está com uma cor horrível.

– Puá! É que acho este lugar muito frio. Continue, continue, disse o senhor que vinha pouco? O caso é que se viam.

– Pois ver-se..., não digo que não se vissem. Eu só sei o que se passa aqui; fora, cada hóspede tem suas amizades.

– Que negócios estava fazendo agora o senhor Paco? O senhor sabe?

– Veja, saber de fato, de fato..., não. Mas seriam, como sempre, dessa empresa, a açucareira, que representava. Em outras temporadas que esteve aqui, veio fazer cobrança.

– O senhor sabe se as somas que cobrava as enviava a Málaga, ou depositava em alguma parte?

O dono do Hotel tentou lembrar-se.

— Sobre isso perguntou-me também o Sr. Cordelero... Eu, certamente, não sei... A única coisa que consigo lembrar, é que pedia às vezes para se comunicar por telefone com o Banco. Deveria depositá-las no Banco.

— Posso ver o quarto do morto? – perguntei.

— Está lacrado pelo Juizado – advertiu o policial, severo. – Sem autorização...

— Nesse caso, retiremo-nos. Pouco fruto há dado esse interrogatório – acrescentei hipocritamente.

Corremos para o Banco. Uma febre agradável incendiava minhas veias. Em vão dirigia a mim mesmo exortações para moderar a fantasia, para não agigantar as coisas. O júbilo de encontrar o nome de Ariza mesclado ao sombrio drama, enlouquecia-me. Desde o primeiro momento, como uma estrela guiou os Reis Magos, a gota de sangue havia me guiado. Em seu brilho vermelho, quantos horizontes! O nefasto crime parecia esclarecer-se agora. E não obstante, o que eu havia averiguado de positivo? Que Ariza, como outros rapazes folgazões de Madri, era amigo da vítima... E nada mais; e bastava! Porque a fatalidade parecia haver posto Ariza em meu caminho, e ele, imprudente, havia cruzado seu destino com o meu, como se cruzam duas espadas em combate...

No Banco, o diretor nos recebeu, depois de fazer-nos esperar um pouco.

– Compreendo – disse com verbosidade, depois dos cumprimentos e primeiras frases – por que o senhor intervém neste assunto, Sr. Selva; uma série de funestas coincidências o põe em situação de exculpar-se. Para mim, o senhor está exculpado. Se o senhor fosse culpado, o morto não teria sido encontrado nunca no solar que é vizinho à sua casa.

– Obrigado por essa opinião, Sr. Diretor. A polícia pensa o mesmo, posto que permite associar-me a seus trabalhos.

– Que serão muito árduos. Rodeiam este crime muitas sombras...

– Não acredite nisso. As sombras não estão nos crimes, mas nos entendimentos. Quase não há crime sem rastros claros e eloquentes. Não demorará muito para se descobrir o que agora nos preocupa. Faltam alguns dados. Necessitamos saber que somas a vítima depositou aqui.

– Três vezes, em quinze dias, fez depósitos consideráveis. Tudo se transferiu para a conta corrente da Sociedade Anônima, na sucursal de Málaga. No total, seria um montante de cem mil e poucas pesetas.

– Quando depositou a última quantidade?

– O senhor aguarde...

Pediu ao escritório a data por telefone e a resposta foi seis dias antes do crime.

— O senhor crê, Sr. Diretor, que Grijalba já tivesse feito todas as cobranças?

— Não acredito. Se tivesse feito teria voltado a Málaga.

— É muito importante deixar esse detalhe preciso. Não necessito sugerir o porquê a uma pessoa que tão sagazmente percebe tudo.

O diretor se aproximou do telefone novamente e deu uma ordem.

— Que venha o Sr. Durán.

Momentos depois, o Sr. Durán se apresentava. Em seu cecear[1], em sua fala graciosamente contraída, revelava ser conterrâneo do morto.

— Sr. Durán — pediu o Diretor, — desculpe se o incomodamos, mas os senhores, aqui presentes, têm que fazer algumas averiguações sobre o crime da rua de...

Durán encolheu os ombros.

— *Esse crime pouco tem que se averiguar... O criminoso é Selva; quem vai ser?*

Fiz um sinal discreto ao Diretor para que não falasse nada, e sorrindo afavelmente, assenti:

---

1. Cecear: na língua espanhola coloquial, a troca do som do s pelo som do z, apoiando a língua na ponta dos dentes. Fenômeno linguístico da região da Andaluzia.
Emilia Pardo Bazán registra no diálogo do Sr. Durán a fala dos malaguenhos. Por não haver nenhuma semelhança linguística na Língua Portuguesa, optou-se pela tradução sem o referido ceceio, indicado apenas pelo diálogo em itálico. (N.T.)

— Entendemos como o senhor que o criminoso é Selva. Tudo indica; mas o dever nos impõe que esclareçamos algumas particularidades. O senhor era amigo do morto?

— *Vinha às vezes me consultar, porque eu conheço Málaga inteira e todas as pessoas de negócio daqui.*

— O Sr. Grijalba havia realizado a totalidade de suas cobranças?

— *Não, senhor; digo, se me disse a verdade. Havia depositado cento e vinte e cinco mil e oitenta pesetas, mas a soma de crédito era maior. Faltavam-lhe para cobrar umas cento e setenta e duas mil.*

— De um só devedor ou de vários?

— *O senhor espere... Da casa Bordado e Companhia. Parece que andam muito resistentes. Havia diferença de avaliação do total da conta.*

— O senhor não sabe se por fim pagaram?

— *Vamos saber agora mesmo, se o senhor diretor me permitir que telefone em seu nome...*

— Claro...

— *Mil e quarenta... Bordado.. Alô, bem... O senhor Diretor do Banco pergunta se foi efetivado o pagamento que essa casa tinha para a Sociedade Açucareira de Málaga... Ah? Que entende o porquê dessa pergunta? Perfeitamente, algo disso haverá... Sim? Quando? Eh? Segunda-feira? Aguarde... A que horas? Às três da tarde? Obrigado... Um horror, pobrezinho Grijalba... Que estão aí os recibos de pagamento feito por Grijalba e que podem ver?*

Já o sabíamos; uma casa tão respeitável como a dos senhores! Perdoem... Obrigado.

– O que o senhor tem, Sr. Selva? – exclamou aturdidamente o Direto. – O senhor está muito vermelho... Está se sentindo mal?

– Não, senhor... É o contrário. É alegria! Lembrem bem os senhores o que acabam de ouvir: as cento e setenta e duas mil pesetas o Sr. Grijalba cobrou na segunda-feira, dia de sua morte, em uma hora em que já não se poderia depositá-las no Banco.

Ao virar-me para Durán, para parabenizá-lo pela boa memória a respeito de um aspecto grave e de quantia, vi-o tão atordoado e confuso que me pus a rir, pois transbordava a satisfação orgulhosa.

– Que é isso, Sr. Durán? O senhor está intimidado porque acaba de inteirar-se de que sou o Selva a quem o senhor considera autor do crime? Não se aflija, que besteira! Eu, de fora, diria o mesmo que o senhor. O bonito desses casos é que pareçam uma coisa e sejam a contrária. Não é verdade, Sr. Cordelero?

V

Despedi-me do policial mal-humorado e voltei a pé para minha casa, supondo que ele não me perderia de vista, de longe. Durante o não muito longo trajeto, fervia minha imaginação reconstruindo a história da única mulher da vizinhança que poderia haver interferido no acontecimento. Julia Fernandina, Julia Fernandina!...

Era irmã da atual Condessa de la Tolvanera; pertencia à família proba, muito grave, muito ilustre... De onde? Da Andaluzia? Sim, da Andaluzia... Eu poderia até jurar que de Málaga!... Como Julita, menina da melhor sociedade, havia se convertido na Chulita Ferna, estrela dos galanteios ambíguos? Como acontece nestes casos: começando por um amor juvenil, louco, mas sagrado, e acabando no vício e decadência... Aos vinte e tantos anos, escandalizando a "high life" andaluza, a aristocrática jovem fugiu com um professor de francês. Em Paris, os pombinhos arruinaram o voo. Da vida parisiense de Chulita contavam-se horrores. Seu pai fez tudo que pode para deserdá-la, mas ao morrer angustiado pela vergonha, algo de sua valiosa fazenda ficou para Julia, que veio a Madri e instalou-se com luxo. Nenhuma senhora se relacionou com ela, mas houve duas ou três como ela, decaídas e expulsas da sociedade, que foram às suas tertúlias, em companhia de muitos "rapazes da nata da sociedade", e de visíveis amantes do gênero. Diversos filhos de família, e também pais, gastaram com Chulita uma fortuna. Depois sua estrela começou a empalidecer, mas mesmo assim não mudou sua conduta; só que em vez de exibir-se em pomposos trens, vivia quase em retiro, como vivem, por volta dos quarenta, muitas dessas que poderíamos chamar monjas reclusas do demônio. Não por estar recolhida que faria penitência. Seguia depenando os pássaros gordos e com bastante dinheiro se os encontrava, e associada a algum jovenzinho. Quem era o sócio mais recente? Eu estava certo de tê-lo ouvido no Peña!

Minha memória se estendia como uma corda de violão quando apertam a cravelha. Evocava o tipo de beleza de Chulita, corpo pequeno, delicado, de uma graça de serpente, cabecinha pequena, gênero Goya, do que agora se chama "inquietante". Seus olhos eram flecheiros e com olheiras, e ao exaltar seus encantos, mais ou menos íntimos, costumava-se detalhar seu pé, muito arqueado e estreito. O que eu tinha presente era a boca, como uma mancha de sangue no rosto descolorido. Aquela boquinha avermelhada me havia sugerido, em algumas ocasiões, ideias não muito santas. Atualmente, a semelhança da boca com um uma ferida recente, lembrou-me as duas do cadáver de Grijalba, o peito branco, juvenil, com buracos lívidos.

Por um momento, e apesar dos êxitos já conseguidos, compreendi que me havia excedido ao comprometer-me, em três dias, a deixar clara a trama daquela teia negra. Enquanto desanimava, nos lugares escondidos da subconsciência a lembrança seguia trabalhando. O fonógrafo em que gravamos nossas impressões esforçava-se em emitir uma; ansiava falar. O fenômeno era curioso: algo que tinha esquecido, porque quando o ouvi não tinha para mim importância, ao torná-la agora tão capital, surdamente voltava à superfície.

Via-me no Peña, à uma da madrugada, deixando os jornais, enquanto ao meu lado, cravo branco na lapela e charuto na boca, Manolo Lanzafuerte e Pepito Arahal conversavam como sempre, sobre mulheres. Misturavam-se ali os recatados deslizes de altas damas e nobres senhoras com as públicas aventuras de malandras e meretrizes; contavam-se ruínas, escândalos, perdas, novidades estrepitosas e mansos acovardamentos. O nome de Chulita saiu à luz.

– Chulita Ferna? Homem, pois é verdade! Desde que se desentendeu com Perico Gonzalvo, não se sabe dela...

– Deve estar com algum franguinho. Gonzalvo já está tão velho que não aguenta mais e, além disso, não tem dinheiro.

Intervinha, então, Tresmes, o desconfiado Tresmes, que dava sempre uma nota de desengano, e murmurava gozador:

— Com um franguinho deve estar, porque quando ficam balofas...

— Chulita balofa! — protestava Arahal. — Homem, você não entende do assunto... Eu a vi anteontem; ia em um carro pequeno até o Hipódromo. Estava de tirar o chapéu. Mais bonita do que nunca. É das que parecem crianças, deve ter algum segredo. Não aparenta agora mais de vinte e seis.

— Pois, filho, ponha em cima quinze ou vinte.

— Quanto lhe der vontade. Isso de certidão de batismo é besteira. A idade das mulheres está na cara e nas curvas. Chulita vale por doze dessas meninas penteadas à serafim, que têm gosto de abóbora cozida. É muito mulher!

— Por que você não se ajeitou com ela? — perguntou ardilosamente Tresmes.

— Ai, ai! — gemeu Arahal imitando o canto andaluz. — Vocês são simples como um aperitivo, ou são desmemoriados? Chulita, para mim, é história antiga... Vocês já estão cansados de saber! Não diga que não, Manolo.

— E por que a deixou?

— Porque cheguei a ter medo dela...

— Medo?

— Eu me explico... É para se temer. Gasta o dinheiro e nosso tutano. É melhor que não sejam delicadas; os anjos, para os que preferem; mas tanto assim... Enfim, se quiserem se informar...

– Bah! Estamos informados, filho... Que diga Tresmes, já que ele sabe, quem é o da vez...

– Que diga... Que diga...

– Que diga! – eu cismava, ansioso, com a fadiga daquele que esqueceu o mais interessante... E, como fagulha deslumbrante, depois do momento angustiante, o nome saltou, brotou com ímpeto...

– Andrés Ariza! Andrés Ariza!

Fiquei pensativo. Parei, encostei-me em um canto. Tudo se confirmava. Já não podia restar dúvidas, nem sinal de incerteza. Via o crime como se o tivesse presenciado: seus motivos, sua trama e seu desenvolvimento. Era a gradação clássica da queda moral, até as profundezas abismais. O casal consumido pela penúria de dinheiro; as combinações infrutíferas para consegui-lo; a hipótese criminosa começando a agitar-se e remexer, como inseto venenoso, em seu pensamento; a chegada do amigo provinciano que vem movimentar grandes somas, cobranças de importância, e é fácil de atrair, porque talvez de há tempos o feitiço de Chulita o envolve; a emboscada preparada para o instante em que o dinheiro não possa ser depositado no Banco; os pormenores do fato, atroz, o véu de mistério que se estende, espesso e tenebroso, ao redor da verdade... E eu havia descoberto tudo, só com a força de meu instinto, com o romantismo de minha fantasia, combinando os acontecimentos reais, visíveis, para encontrar a senha do desconhecido!

Agora só tinha que tratar de confirmar o adivinhado. Para isso eu teria que jogar um pouco de "*detective*" e servir-me de meios um tanto extravagantes, com espírito de romance policial. O primeiro passo consistia em uma entrevista com Chulita Ferna. O que essa entrevista tivesse que ser me ditariam as circunstâncias, a casualidade amiga, o acaso, terrível inspiração que tanto estava me protegendo.

Em minha situação, que faria um "*detective*" profissional? A coisa é óbvia: começaria por me disfarçar. Assim que o imaginei, comecei a dar corda à ideia do disfarce. Queria um que me permitisse recobrar minha personalidade a qualquer momento, sem o ridículo das barbas postiças e a roupa de pedreiro, sem renunciar nem por breves instantes à exterioridade da classe social a que pertenço. Chulita me conhecia muito pouco, de vista, de anos atrás. Eu não a tinha inscrita, como Pepito Arahal, nos anais de meu passado. Não era, pois, necessário realizar uma grande transformação. Entrei em uma barbearia e tirei a barba e o bigode, segundo os últimos padrões da moda. Adquiri em uma perfumaria uma caixinha com creme para dar à pele uma ligeira cor avermelhada, e fui para casa com o propósito de estrear um terno que acabava de receber de Londres. Tive certeza de que Cordelero continuava vigiando-me e de que não me perdia de vista, porque dois sujeitos, de indubitáveis traços policiais, que se faziam passar por transeuntes ao redor de minha casa, não esconderam um gesto de assombro ao me verem entrar barbeado, e outro mais acentuado ainda, tosco e violento, ao me ver em poucos minutos sair convertido em inglês elegante. Não souberam dissimular seu alarme; e, persuadidos de que ia direto ao trem, seguiram-me, já sem dissimulação, talvez resolvidos a pôr as mãos em mim. Não seria pequena sua admiração quando constataram que me dirigia, simplesmente, ao número 15 da rua vizinha e, depois de uma pergunta ao porteiro, subia as escadas devagar, como quem vai de visita.

Ao chamar à porta da mundana, saiu uma governanta espevitada, cuja carinha assustada e gesto cômico destoavam das ideias tétricas que me levaram ali.

– A senhora está esperando o senhor? – perguntou numa mistura de reserva e suavidade.
– Pelo menos suspeita da minha vinda – contestei intrépido. – Trago um recado do senhor Ariza; um recado urgente.

Era arriscado, pois Ariza podia encontrar-se ali mesmo; mas só com audácia se avança em certas ocasiões.

– Entre, senhor – a governanta apressou-se em dar passagem. – A quem anuncio?

Dei um nome inventado, misto de inglês e espanhol, e introduziram-me na sala, refinadíssima e com toques de arte delicada, de Chulita. Da porta, um perfume insinuante subiu pelo nariz, dominando-me o sentido. Era o aroma perturbador da branca e carnuda gardênia.

VI

Sou muito sensível aos perfumes, e, se não me dão enxaqueca, pelo menos irritam-me os nervos e produzem uma excitação maléfica. Aquele aroma, já percebido no Teatro de Apolo, fazia-me recordar a gotinha de sangue. Entrei na sala sob o estímulo de tal cheiro, que delatava e acusava Chulita. Como aroma já perdido e longínquo, trouxe à minha sensibilidade íntima a reminiscência de outra sensação. Pressentia que também o morto e os objetos lançados em meu dormitório, que haviam sido do morto, exalavam esse cheiro que eu trazia desde o teatro, como uma obsessão, em minhas mucosas. Esperando, sentei em uma poltrona, muito elegante, como o resto do mobiliário. O retrato de Chulita, feito por um pintor da moda, exibia-se sobre o sofá. O artista, morto muito jovem, traduziu fielmente aquela expressão enigmática dos olhos escuros, aquela sangrenta frescura da boca, e, além disso, a modelagem deliciosa de um busto perfeito, pequeno como de uma menina, diabolicamente virginal, que mostrava o vestido apertado, do tipo império, de gaze avermelhada realçado por um cinto e bordados de prata oxidada. Oh mulher, chamariz do espírito do mal! Sob essa tua graça bate o fervor dos vermes do sepulcro!

Demorou cinco minutos para a pecadora se

apresentar. Durante esse curto prazo, eu havia traçado meu plano de campanha.

Era, como tudo para mim neste assunto, um ataque de surpresa, em que confiava a vitória na investida repentina. Consistia em não dar tempo para que a astuta se pusesse na defesa. Era importante reprimir a ação, com hábil manobra, com rapidez fulminante.

Levantei-me e cumprimentei-a até os pés. Vinha risonha, infantil, divinamente enfeitada com uma roupa de interior, de crepe e fitas soltas; aparentava vinte e cinco, no máximo – mas olheiras profundas cor de malva rodeavam seus olhos de sombra. Um atordoamento reprimido e nervoso revelava-se na tensão involuntária da mão que me estendeu e que estava fria e ligeiramente suada ao mesmo tempo.

– Anunciei-me como vindo da parte de Ariza... Perdoe-me, senhorita, por este pequeno ardil, cujo objetivo era ser recebido rapidamente – disse com pronúncia não de estrangeiro, mas levemente estrangeirizada. – Venho por conta própria. Sou malaguenho, criado em Londres, e conheço muito, e de há muitos anos, a família de Dom Francisco Grijalba, que foi assassinado como a senhorita não ignora.

Um tom terroso se espalhou pelo rosto de Chulita e suas pupilas giraram, como se a cegasse um raio de luz muito forte.

— Não compreendo, meu senhor, que relação...

— Ai, senhorita, vejo que está muito atrasada com as notícias...— exclamei sem tom de ironia.

—Eu já temia isso; os que têm obrigação de cuidá-la são os que a abandonam, chegado o momento crítico. Não se preocupe que, amando-a, Ariza aja de tal modo. A senhorita ignora a tormenta que se formou, e vai estourar, e cair sobre sua cabeça. Em Málaga e também aqui, as pessoas começam a apontar como culpados da morte de Grijalba... não adivinha quem?

— Como quer o senhor que eu adivinhe? — respondeu, refazendo-se e flechando-me com seu relampejante olhar, em que a soberbia era — percebi — disfarce de um pavor profundíssimo.

— Será possível que não saiba nada? Que indignidade, mantê-la na ignorância do que tanto lhe diz respeito! Agora, descartada uma pista falsa, segue-se outra; Madri inteira, revoltada com esse crime do grande mundo, aponta a senhorita e Ariza como autores da tragédia.

Um movimento confuso, um balbuciar cortado saiu de seus lábios vermelhos, que naquele momento deixavam roxo o refluxo do sangue ao coração. Vi que estava sob a pressão do terror do animal preso no laço, sob o domínio do instinto puro, e compreendi que, por alguns minutos, era minha. Decidi aproveitá-los.

— A senhorita vai ser presa sem demora. Ariza, o que é pior!, em vez de preveni-la, foi embora, ninguém sabe para onde. Estão procurando-o, mas não foi encontrado...

Era um golpe arriscado, pois Ariza podia, naquele mesmo momento, chamar à porta. Eu contava com a casualidade, providencial, oportuna. Fiz bem: Chulita não hesitou; viu-se perdida; quis gritar e não pôde; levou sua mão à garganta e sua palidez aumentou para um tom mortal, fechou os olhos, desvanecendo.

Então fiz algo ousado, mas louco. Tomei-a em meus braços e avancei com minha carga casa adentro. Como havia suposto, o escritório e o quarto estavam contíguos, depois da sala. O quarto e o escritório estavam divididos por não mais que duas colunas, detrás das quais estava pendurada uma cortina esplêndida de renda de Bruxelas, feita sob encomenda, sem dúvida, pois ostentava o monograma de Julita e a coroa heráldica dos Tolvaneras (não sem direito, pois a irmã de Chulita não tinha filhos). Vi isto em uma rápida olhada; minhas capacidades pareciam haver centuplicado. A inspiração se fazia presente. Preparava meu drama mentalmente, como o artista sua criação. Levantei a riquíssima cortina, e apareceu o leito, de madeira branca com admiráveis entalhes dourados de rosas, aljavas e pombas, cobertos também com um véu de renda, tiras de seda... Era ali, naquele nefasto altar de finesse e depravação, onde a vítima havia sido sacrificada. Podia imaginar a cena: Grijalba adormecido e inerte, Ariza cravando-lhe sua arma, atravessando-lhe o coração, e apesar do pouco fundo dessas feridas, recebendo em seu peitilho, a marca, o estigma do crime; a gota de sangue que havia me iluminado como um astro vermelho...

Coloquei Chulita em cima da cama. Continuava desfalecida. Abanei-a com meu lenço, e como não voltava a si, procurei a complicada abertura de seu corpete, e desabotoei, e arranquei as fitas, e afastei a roupa para que pudesse respirar, e de uma mesinha com objetos de prata apanhei, precipitadamente, um pulverizador. Do pulverizador saiu uma água impregnada daquele mesmo capcioso, embriagador perfume que se respirava ao redor, e cujo sopro de enxaqueca veio a mim no teatro, saindo das roupas do assassino... Um cheiro é uma coisa viva, ou ao menos um duende que se mete no ânimo e o agita, e o possui, e o embriaga. Eu perdi a razão e entreguei-me à sugestão do perfume. Ela abriu lentamente os olhos, suspirou, e com impensado movimento, jogou os braços em volta de meu pescoço... Um sorriso silencioso florescia no cálice vermelho de sua boca de sangue, e no negro abismo de suas pupilas, um reflexo infernal atraía-me e espantava-me. Não era a mulher e seus já conhecidos laços e redes que causavam minha fascinação maldita; era a ideia de que aquela boca estava macerada no amargo licor do crime, na essência da maldade humana, que é também a essência de nosso ser decaído, e sentiria prazer ao morder a maçã fatal, a de nossa perdição e nossa vida miserável...

Ela repetia muito baixo:

– Salve-me! Este infame me abandonou! Eu já o temia! Levou o dinheiro! Ele é que fez tudo, tudo! Salve-me! Hei de querê-lo tanto! Você não sabe como eu quero! Meu amor é uma brasa viva! A ele, eu aborreço! Não me deixe ir para a forca! Salve-me, amor, amor...!

Isto tudo entrecortado, isto suspirado entre as ondas mareantes de seu aroma insidioso, de suas roupas e de sua pele de tafetá, entre o nó de serpente de seus braços e o feitiço de seus lábios em que os méis de vários estios haviam deixado múltiplos sabores de perversidade e de maldição. E a promessa foi arrancada de mim:

– Não tenha medo, eu a salvarei...

Ordenei, então, que me fizesse o relato do crime. Tudo combinado com Andrés: tudo! Repetia, rebaixando-se diante de mim com a vileza de querer passar a culpa, porque seria nobre defender o outro, mas Chulita parecia mais mulher ao temer e mentir... E eu olhava para ela afetuoso.

Esquecia-me de que, pouco antes, havia entrado na casa de Chulita disposto a estender um laço que a apertasse; a conseguir as provas de seu crime.

Foi o filtro das épocas pouco varonis, o de brandura e indulgência, que correu por minhas veias durante um momento, momento irreparável. Acabava de comprometer-me a salvar a mulher, e meu compromisso me fazia, de certo modo, cúmplice dos dois réus. O eixo de minha consciência havia girado, mudado a orientação de meu espírito. Uma parte do pecado já me correspondia. A terrível maçã havia rangido entre meus dentes, e a sua cinza obstruía-me a garganta, cegava-me os olhos. Eu me recostava ali onde a mundana e o perdido haviam cometido o assassinato, e seu crime entrava-me pelos poros, e subia-me ao cérebro, serpenteava pelos meus nervos, cuja vibração sensual ainda durava, e envolvia-me em um ar de insensatez tal, que sem saber o que fazia, abri a janela do escritório e pus a testa ao ar puro e gelado do exterior. Era uma imprudência incalculável; poderiam me ver naquela casa onde, talvez no dia seguinte, concentrar-se-ia a curiosidade de toda Madri. Mas o banho de ar restaurou um pouco minha consciência e trouxe-me um pouco de lucidez. Insultei-me por dentro, desprezei-me... e como Davi arrependi-me. Miséria humana! Aproximei-me da criminosa. Estava passando um pente de prata e abalone pelos cabelos, admiravelmente negros sem tintura, e sorria-me vitoriosa, alegre com um trunfo mais, embora ainda angustiada de terror infantil. Brincando, disse a seu ouvido como se fosse um jogo:

— Está vendo? Por aqui, por este pescoço tão redondo e tão suave, onde nascem os cabelinhos crespos, o verdugo vai pôr a corda...

— Não! Você prometeu que ia me salvar! – gemeu, pronta a desmaiar outra vez.

— Pois se vou cumprir minha promessa convém não perder um minuto, Chula... Você vai me contar como foi, sem omitir nada, dizendo a verdade, entende? Se mentir, será pior para você! E depois vai pegar suas joias e o dinheiro que tiver; eu lhe darei o que faltar, e daqui, para a fronteira francesa. Fale! Fale!

VII

Parecia como se ouvisse algo que soubesse de há muito. Minha adivinhação havia ido direto à verdade.

– Eu – declarou Chulita – não conhecia Grijalba, mas ele, que era de minha terra, viu-me no teatro e desejou-me. Andrés, o malvado Andrés!, andava tão mal de dinheiro, as coisas haviam chegado a um ponto tal, que não tinha solução. Dirão que eu gasto... Ele jogava, jogava e perdia. Desesperava-se. Falou-me de ir embora para a América, de dar-se um tiro, sei lá o quê! Veja, isso de minhas joias... já não me sobra nenhuma. Tudo empenhado, vendido, até os móveis!, exceto estes, sem os quais não podia me virar... Mas veja...

Abriu uma porta contígua ao escritório e vi um cômodo desmantelado, com somente uma cadeira manca e uma mesa muito ordinária.

– Essa era a sala de jantar... Tinha preciosidades... Esculturas, tapeçarias, prata gravada. Tudo foi embora... Um dia me disse que podíamos sair do apuro, que havia chegado seu amigo Grijalba, homem de dinheiro, e que, cegamente cativado por mim, seguramente iria adiantar-me a soma que lhe pedisse. E Grijalba veio, apresentado por Andrés. Parecia entusiasmado; mas quando chegou o instante de pedir-lhe o adiantamento da quantidade, mostrou-se pão-duro, safou-se, tentou dizer que ainda era um modesto empregado, mas que, no próximo ano, seria sócio da Açucareira, e teria meios de mostrar-se mais generoso. No próximo ano! Próximos anos para Chulita! Nunca soube o que é o próximo ano... Para mim não há nada mais que o momento presente... De nenhum outro estamos seguros. Bah! A vida é curta! E também não há mais amor que no presente, o que acaba de queimar-me a alma, entendeu? Eu não vou embora de Madri, cigano, se não me jurar que você vai comigo para o exterior...

– Continue, Chula, continue...

– Então, Andrés começou a me persuadir que tínhamos outro meio de tirar partido de Grijalba. Ele vinha fazer grandes cobranças. Coisa de milhões, segundo parecia. Se conseguíssemos atraí-lo aqui em um dia que acabasse de cobrar, seria muito fácil tirar-lhe a carteira, sem que pudesse reclamar, e até fazendo-o crer que a houvesse perdido em outra parte. Questão de habilidade. Mas Grijalba, muito precavido, depositava sem demora no Banco. Já perdíamos a esperança no golpe quando uma tarde Andrés apareceu; vinha como louco e falava como em sonho.

– Hoje cobrou cento e setenta mil pesetas da casa Bordado e Companhia... Não teve tempo de depositar... Como é muito desconfiado, não deixará o dinheiro no hotel... E vamos dar um jeito para que passe a noite aqui!

Acertamos tudo. Andrés não apareceria; quase nunca aparecia quando Grijalba estava. Ficaria escondido. Minha governanta – como em várias outras ocasiões, por isso não estranharia – foi mandada para fora, para dormir na casa de sua prima. Andrés veio ao anoitecer; ninguém o viu subir. Os porteiros estavam jantando. Momentos depois, e também sem ser visto, Grijalba. Servi aqui mesmo um jantar rápido e procurei fazê-lo beber a maior quantidade possível de champanhe e de licores. Não direi que se embebedou, mas ficou um pouco enjoado. Contribuiu para o enjoo um cesto de gardênias que me havia enviado e que pus perto. Cheiravam tão forte! Andrés se escondeu nesse cômodo sem móveis. Esperava que eu revistasse a roupa de Grijalba, tirasse a carteira e passasse-a pela fresta da porta. Mas Grijalba era, de fato, desconfiadíssimo. Apesar do enjoo, pôs a carteira debaixo do travesseiro; via-se que não pensava senão em sua carteira. Aquilo me indignou: era um descaso para mim! Preocupar-se tanto com a carteira! Eu não compreendo: em primeiro lugar o amor. Saí com um pretexto e avisei Andrés o que estava acontecendo. Notei-o franzir a testa, morder o bigode e pensar. – Apague a luz – disse-me – e acenda de repente quando eu estiver dentro. Obedeci. Eu era uma máquina. Andrés tirou as botas: não o ouvi entrar. – Acenda – murmurou, como em um sopro. Dei a volta na chave... Não tive tempo de ver mais que um relâmpago, o brilho do estoque nu que reluziu duas vezes, ao ferir Grijalba que tentava se incorporar, atônito. A primeira ferida arrancou-lhe um grito; a segunda, nada, porque a arma havia passado através de seu coração. Caiu sobre o travesseiro, inerte. Que rápido que as pessoas morrem! Não é por acaso que eu digo que tudo vale pouco... Já sabe... Andrés revistou e guardou a carteira. Depois voltou a se calçar – estava descalço. – Então olhou os punhos e o peitilho, receoso de que tivesse alguma mancha, não havia...

– Sim, havia uma – respondi solenemente a Chulita. – Tanto havia que eu a vi, e por ela cheguei a descobrir o que aconteceu. Por uma gotinha, por nada. Aprenda, e oxalá queira mudar de vida, nada se esconde: tudo indica, tudo revela "aquilo" que nos castiga sempre à proporção do delito...

Um estremecimento profundo passou pelo corpo da pecadora. Um arrepio sobrenatural gelou suas veias por um segundo.

– Cada um tem seu destino... Eu já não posso mudar de vida... Já não posso ser boa...

Aproximou sua boca de meu ouvido, como eu havia feito com ela momentos antes, e balbuciou:

– Estou sob o poder do Mal há tempo! Não sabe que meu pai morreu pela dor que lhe causei com minhas loucuras?

Com volubilidade infantil acrescentou:
— Mas salve-me! Tenho medo, muito medo!
— Continue...
— Disse-me, então, que era preciso esconder o corpo, tirá-lo de casa. A parte mais difícil. Entrou-me uma angústia. Bebi uma taça de conhaque, para me reanimar. Andrés não parava de repetir: "Vamos depressa, vamos depressa". Nós o vestimos num piscar de olhos, pudemos manuseá-lo bem, pois ainda estava flexível. Saía de sua boca uma espuma avermelhada que limpei com um lenço. Esquecemos de cobri-lo com o casaco, porque ele o havia deixado na antessala. Eu peguei minha chave e acendi a luz da escada. Antes olhei pela janela se o vigia andava rondando, o qual é difícil acontecer quando faz frio. Tudo estava solitário. Ajudei Andrés a descer o corpo até a portaria e abri a porta da rua. Por sorte, tenho pouca escada. Andrés me mandou fechar e subir. Eu queria acompanhá-lo, mas ele disse que uma mulher chama mais a atenção. Bastava ele. Cinco minutos depois voltou.

— Deixei-o no solar, ao lado da casa. Creio que vão demorar para encontrá-lo...

Arrumou-se, olhou-se no espelho. Não gastamos mais que uma hora e meia em tudo que lhe contei, desde a chegada de Grijalba até que seu corpo descansou no solar...

— Convém — avisou — que me vejam em algum lugar público; vou me fazer presente... Caso haja manchas você lava: tem horas disponíveis. E foi embora.

Quando Chulita disse isso, sorri. O incômodo fingido no Teatro de Apolo! Um maneira de se exibir, de preparar testemunhas que confirmassem que quase na mesma hora em que o crime pôde ser cometido, ele, Andrés Ariza, encontrava-se em um teatro, longe do lugar em que acontecia a tragédia!

– E depois, Chulita?

– Fiquei sozinha. Cada vez me persuadia mais de que tudo era mentira. Que disparate! Um morto, que parecia ter se desfeito em fumaça! Um morto em meu quarto! Eu vestindo-o, eu levando-o pela escada abaixo! Mas Andrés, ao desaparecer, havia me encarregado de olhar bem se havia sangue. "O sangue é o que fala", repetia. Olhei, nos lençóis achei sinais. No chão, nada. O estoque era fino como uma agulha. Lavei os lençóis, que pouco tinham, e não ficou outro rastro que o relógio, as abotoaduras e o resto. De madrugada, Andrés veio; envolvi cuidadosamente esses objetos e ele levou-os para fazê-los desaparecer.

– Quem deve desaparecer imediatamente é você – exclamei, já inteirado de quanto queria saber. – Vista-se com roupas simples; ponha um chapéu pequeno, um véu grosso, e dentro de uma hora, se não receber aviso contrário, vá à esquina da rua de... Ali a esperará um automóvel alugado por mim, que a levará para a França. Tome um pouco de dinheiro; o motorista lhe entregará um envelope com mais algum. Se puder, não volte a pecar...

Cravou-me seus olhos arregalados e que sabiam se tornar inocentes em seu delírio de paixão, e murmurou:

– Encontre comigo na França!... Mesmo que seja só para me converter!

VIII

Posta Chulita à salvo, faltava fazer outra coisa. Desde que havia reconhecido com rubor minha fraqueza, minha própria insanidade; desde que me sentia capaz de sofrer a atração do abismo, tornei-me relativamente misericordioso; queria evitar a Ariza, pelo menos, o enfrentamento público.

Informado do domicílio do criminoso, ao perguntar por ele na pensão – não muito decorosa, – a que lhe havia trazido sem dúvida sua crítica situação econômica, avisou-me a dona, encolhendo os ombros:

– O senhor Andrés? Pois há mais de três dias que não aparece aqui!

Saí sem demonstrar estranheza. Embora a imprensa não houvesse feito alusões que pudessem alarmar o criminoso, era lógico que andasse aturdido. O que eu havia contado a Chulita sobre o desaparecimento de seu cúmplice era invenção, mas na verdade, não pareceria surpreendente que o culpado batesse as asas.

– Que tipo de polícia eu estou me saindo! – eu pensava. – Sou um lento com esses atrasos e preparativos. O primeiro que se mandava antigamente, era "prender os corpos e reter as pessoas" dos suspeitos. Com meu romantismo, livrei da justiça uma, e o outro, provavelmente também. Cordelero apenas sorrirá... Enfim, mesmo tarde, façamos o devido. Vou declarar ante o Juiz a verdade inteira. Talvez Ariza não tenha saído da Espanha.

O Juiz ouviu-me com admiração. Meu relato era dramático e tinha o selo inconfundível do autêntico. A única coisa que não lhe disse foi que Chulita seguramente já não se encontrava em terras espanholas.

— Eu recomendo, senhor Juiz — acrescentei — que me permita continuar dirigindo este assunto secretamente, a fim de que não se perca um minuto. Os culpados, agora, ainda devem estar seguros, porque a justiça seguia uma pista falsa. Foi bom ter me acusado. A opinião começava a perder-se, e a imprensa a apontar-me já claramente, a atiçar as pessoas contra mim. Mas, de um momento a outro, Ariza, que tem o dinheiro, pode evaporar-se.

— Todas as medidas vão ser tomadas... O senhor nos aconselhará...

A polícia pôs-se em movimento, com grande reserva. Quanto a Chulita, sabia que não seria fácil capturá-la, e que, além disso, ainda não o tentariam. Ao meio-dia do dia seguinte, também Ariza ainda não tinha aparecido. Veio me comunicar o sempre desconfiado Cordelero, e compreendi que apesar deste desaparecimento ser significativo, não havia chegado a seu espírito a persuasão de minha inocência.

— Como o senhor explica que não tenha aparecido o senhor Ariza? – perguntou-me esquivo.

— Ou ele se esconde bem, ou os senhores o procuram mal.

— Gostaria de ver como o senhor o procuraria – desafiou o policial.

— Pois bem – revidei, mordido no ponto sensível do amor próprio..., na vaidade do amador que quer dar lições aos profissionais. – Vou arrematar a sorte, amigo Cordelero. Vou encontrar Ariza. Os senhores por seu lado, trabalhem; eu, por minha conta. Só lhes peço um favor. Que hoje não me vigiem, e muito menos vigiem a casa de dona Julia. Que ninguém apareça por ali. É indispensável. Concedido?

— Sim, se "já" não vigiamos o senhor! – protestou ele.

— Basta. Liberdade e solidão, ao menos por umas horas.

De novo chamei em meu auxílio a estranha capacidade de semi-adivinhação que, sobre uma base insignificante no real, havia me guiado através do labirinto do sombrio crime, fadado, em aparência, a não sair das névoas, como tantos outros que em Madri se cometem. Minhas induções de psicólogo me serviram para combinar um projeto ao mesmo tempo poético e sutil. Apoiei-me na ideia de "a querência". Como o touro, o criminoso a sente. Raro será o criminoso que não ronde os lugares onde delinquiu. A mesma perturbação da perseguição os incita a aproximar-se de onde supõem que acontece algo que possa ser importante para eles. Há um anzol cravado em sua alma, e o mistério puxa o fio e os atrai. São peixes garantidos pelo pescador... E em Ariza, a querência do crime unia-se à da mulher. O peixe morderia...

Fiquei de tocaia na portaria do edifício de Chulita, havendo antes subornado a porteira com uma gorda gorjeta. Estava resolvido a não sair dali por bastante tempo. Habilmente tomei conhecimento de que, na casa, o desaparecimento da mundana não havia preocupado ninguém, porque ela, cuidadosa, deixou dito a sua governanta que ia passar o dia em Aranjuez, na farra com amigos, e não sendo o caso insólito, ninguém se preocupou, e era esperada naquela noite ou no dia seguinte. A polícia, seguindo minhas instruções, não havia aparecido ali. Instalei-me em um sofá desconjuntado, na portaria, e aguardei na espreita, paciente. No bolso de meu casaco tinha um pacote de doces e sanduíches para entreter a fome se fosse prolongada a guarda. Às quatro da tarde, nada ainda.

Entravam e saíam pessoas. De Ariza, nem sinal.

Pouco a pouco fui despachando meus doces, devorados na surdina, com a voracidade de homem sujeito a um jejum que aguçava emoções intensas. Anoitecia, pedi à porteira que acendesse a luz. A mulher começava a me olhar com desconfiança; uma nova gorjeta, grande, anestesiou-a. Seriam seis e meia quando meu coração deu o salto profético. Ariza, resguardado por um casaco e um cachecol, entrava na portaria.

Adiantei-me e peguei-lhe pelo pescoço.

— Agora — disse-lhe com voz contida, — você não me escapa. Não tente resistir; a rua está cheia de policiais escondidos nas portas dos edifícios, e a um grito sairão.

— Mas, quem é o senhor? — perguntou, jogando-se para trás e desprendendo-se de minhas mãos. — O que o senhor quer de mim? Solte-me, ou...

— Vamos sair — ordenei.

Então viu meu rosto e exclamou: — Selva!

— Selva, sim, aquele com quem você quis cruzar seu destino. Não sabe que esse cruzamento é pior que o de duas espadas? Injuriou-me no Apolo para atrair a atenção do público, e para que contassem que você estava ali: levou ao solar contíguo da minha casa o corpo do assassinado, e jogou em meu dormitório o pacote com os objetos comprometedores. Você fez muito mal! Eu não sou homem com quem seja conveniente se divertir, senhor assassino! Despertou em mim a sagacidade do perseguidor e do vingador. Desvendei o crime; e como me era repugnante enviar para a forca ou sequer ao presídio uma mulher, eu garanti a fuga de Chulita, que está deslumbrada por mim.

Ariza escutava com uma expressão impossível de descrever. Seus olhos faiscavam na semiescuridão da rua, como os olhos elétricos dos gatos.

– Não entendo, não sei de que crime o senhor está falando... – repetia estupidamente; mas suas pupilas ardorosas desmentiam suas palavras.

– Já não cabe esse recurso – e deixei de tratá-lo por você. – O senhor aceite serenamente a sorte. Tenha coragem; é o mínimo que pode ter.

– Tenho coragem para esmurrar o senhor – gritou; e seus punhos me ameaçavam.

– Está perdendo seu tempo... Minha intenção para com o senhor é boa, apesar de que, imprudente sempre, ainda procure briga comigo. A uma voz que eu der, terei a polícia inteira sobre o senhor; mas não a darei, a menos que o senhor me force a isso. Ao contrário; meu desejo é facilitar-lhe tempo suficiente para... Não, não é isso – exclamei lendo em seus olhos. – Escapar, não. O senhor me toma por algum imbecil? Eu não protejo "assim" mais que as mulheres; os homens, que tenham alma. O senhor não é um criminoso de profissão. Foi sempre, apesar de seus vícios, um cavalheiro, pela classe social a que pertence. E um cavalheiro tem que acreditar que há coisas que importam mais que a segurança e a vida. Estou enganado?

Ariza se calava. Seus olhos giravam, como se procurasse no chão a fenda que deveria engoli-lo, subtraindo a minha presença.

– O senhor não se engana – disse por fim, – mas não compreendo por que lhe interessa minha honra.

Sorri e proferi a frase altivamente.

– Pelo espírito de classe.

Olhou de novo a seu redor. Posto em um transe terrível, sem dúvida pensava em meios, em lugar, em algo que o instinto natural lhe impulsionava a não encontrar de repente.

– Não tenho armas – disse finalmente.

– E o estoque? – perguntei. – Fere muito limpo, embora em seu peitilho houvesse uma gota de sangue, saiba-o, senhor Ariza! O sangue fala, como o senhor advertiu sua cúmplice!

– Maldito seja! – murmurou. – Enfim, acabemos... Eu lhe disse que não tenho armas.

– Levo sempre minha *Browning* – respondi. – Aqui está.

Imediatamente senti um arrepio. A cara de Ariza era trágica, e apontava-me à altura da testa, minha própria pistola. Dominei-me com elegância, cruzei os braços e desafiei-o com o olhar. Então, subitamente, baixou a arma e começou a correr enlouquecido. Parou em uma pracinha próxima. Um soldado; o dono da taberna onde meu vigia passava as noites; o balconista; viram-

-no aproximar a arma da têmpora, disparar, cair de boca para baixo...

Quando se revistou seu corpo foi encontrado, em um bolso interior, o montante, algo incompleto. A arma apareceu em seu próprio quarto da pensão, escondida debaixo do tapete, rente à parede.

Depois dessa aventura, compreendi que, desde o berço, minha vocação é de policial amador. As sensações que experimentei por causa do meu interrogatório foram extremamente intensas. Dei-me conta de que eu não voltaria a sentir tédio se me dedicasse a uma profissão que tão bem harmonizava com meus gostos e, atrevo-me a dizer, com minhas condições e aptidões, ou se preferirem minhas inspirações atrevidas e geniais. Resolvido a exercê-la, vou para a Inglaterra estudá-la bem, tomar aulas com os mestres. E terei amplo campo nesta Madri, onde reinam o mistério e a impunidade. Trarei ao desvendamento dos crimes elementos novelescos e intelectuais, e talvez um dia possa contar às pessoas algo digno de ser publicado.

Este livro foi produzido no laboratório gráfico Arte & Letra, com impressão em risografia e encadernação manual.